VENTE
du Vendredi 17 Avril
HOTEL DROUOT SAI

BEAU MOBILIER

DE STYLES

RENAISSANCE, LOUIS XIV, LOUIS XV, LOUIS XVI
& l'EMPIRE

TENTURES, TAPIS

BRONZES, MARBRES

ANCIENNES PORCELAINES DE CHINE ET DU JAPON

ARGENTERIE

Me G. BOULLAND	**M. A. BLOCHE**
COMMISSAIRE-PRISEUR	EXPERT
26, Rue des Petits-Champs, 26	28, Rue de Châteaudun, 28

Exposition Publique   Le Jeudi 16 Avril 1896
DE 2 HEURES A 6 HEURES

IMPRIMERIE ARTISTIQUE

E. MÉNARD & Cie

Bureaux et Ateliers : PARIS — 8, RUE MILTON

CATALOGUE

D'UN

BEAU MOBILIER

DE STYLES

Renaissance, Louis XIV, Louis XV, Louis XVI et 1er Empire

en partie

FOURNI PAR LA MAISON JANSEN

COMPRENANT

Plusieurs Salons, Salles à manger, Chambres à coucher, Bureaux
Bibliothèques, Vitrines, Chiffonniers
Paravent, Banquettes, Glaces, Tables, Sièges variés

MARBRES, TERRES CUITES

BRONZES D'ART & D'AMEUBLEMENT

Pendules, Lustres, Girandoles, Groupes, Statuettes, Jardinières
Appliques, Chenets

ANCIENNES PORCELAINES DE CHINE & DU JAPON

Beaux Pistolets du XVIII· siècle, Argenterie, Tentures, Tapis

Deux Plafonds peints par JAURAT et par THORNOLIET

DONT LA VENTE AURA LIEU

HOTEL DROUOT, SALLE N° 1

LE VENDREDI 17 AVRIL 1896

à 2 heures 1/4

Mᶜ G BOULLAND	**M. A. BLOCHE**
Commissaire-Priseur	Expert
26, Rue des Petits-Champs	28, rue de Châteaudun, 28

EXPOSITION PUBLIQUE

Le Jeudi 16 Avril 1896 de 2 heures à 6 heures

CONDITIONS DE LA VENTE

Elle sera faite expressément au comptant.

Les acquéreurs paieront *cinq pour cent* en sus du prix d'adjudication.

L'exposition mettant le public à même de se rendre compte de l'état et de la nature des objets, il ne sera admis aucune réclamation, une fois l'adjudication prononcée.

Paris. — Imp. E. Ménard & Cie, 8, rue Milton

DÉSIGNATION

MEUBLES

1-4 — Très bel ameublement de salle à manger de style Louis XV en bois satiné de violette, garni de bronzes finement ciselés et dorés composé de :

1º Un buffet à deux corps avec parties cintrées et formant vitrine ;

2º Deux meubles d'appui servant de dressoirs (dont un ancien) ;

3º Table à deux rallonges ;

4º Douze chaises en noyer sculpté à dossiers et sièges foncés de canne dorée.

Travail de la maison Jansen (pourra être divisé).

5 — Important ameublement de salon en poirier naturel garni de bronzes ciselés et dorés, couvert en velours de Gênes, composé d'un canapé, six fauteuils et six chaises.

6 — Décorations du salon composé de huit rideaux en satin avec bandes en velours de Gênes et draperies en satin.

7-8 — Deux belles bergères en bois finement sculpté et peint blanc, couvertes en soierie brochée. Style Louis XV.

9 — Deux fauteuils en noyer sculpté à mascarons, couverts en velours de Gênes. Style Renaissance.

10 — Deux fauteuils et deux chaises Ier Empire, couverts en soierie rouge et jaune.

11 — Trois chaises de forme dite Élisabeth en noyer à rehauts d'or, couvertes en peluche mousse brodée.

12 — Petite table de nuit ancienne en bois marqueté, orné de bronzes dorés.

13 — Jolie vitrine en bois noir garni de cuivres, intérieur en glaces.

14 — Chiffonnier en marqueterie de bois à fleurs, dessus en marbre rouge.

15 — Étagère en bois sculpté et doré.

16 — Quatre chaises légères en noyer finement sculpté, dossiers et sièges foncés de canne dorée. Style Louis XVI.

17 — Chiffonnier en bois laqué blanc, décor à fleurs. Renferme un coffre-fort d'Haffner.

18-19 — Deux petits meubles à hauteur d'appui en bois peint vert garni de bronzes dorés. Style Louis XV.

20 — Joli petit bureau plat en marqueterie de cuivre et d'écaille, garni de bronzes dorés.

21 — Table japonaise, pieds à têtes d'éléphants.

22 — Ameublement en noyer sculpté couvert en velours vert, composé d'un canapé et quatre fauteuils. Style Louis XIII.

23 — Beau bureau à double face en noyer ciré avec tiroir-caisse en fer.

24 — Chiffonnier en palissandre ciré et incrustation d'ivoire.

25-26 — Deux bibliothèques en poirier ciré ouvrant à trois portes.

27-28 — Deux petits lits jumeaux Louis XVI en bois sculpté laqué blanc et filets bleu.

29 — Bahut à hauteur d'appui en bois noir et incrustations d'ivoire.

30-31 — Deux meubles à hauteur d'appui en bois noir incrusté d'ivoire ouvrant à une porte.

32 — Petite vitrine surmontée d'une étagère en bois noir incrusté d'ivoire.

33 — Jolie table sur huit pieds en bois noir orné d'incrustations d'ivoire.

34 — Deux lampadaires en bois sculpté et doré.

35 — Joli paravent en peluche brodée, avec amour en bois doré soutenant les draperies.

36 — Petit canapé en bois finement sculpté et doré, couvert en soierie rayée vert et crème. Style Louis XVI.

37 — Deux jolies bergères analogues.

38 — Cantonnière en panne rouge richement brodée.

39 — Paire de rideaux avec lambrequins ornés de broderies.

40 — Deux banquettes en bois sculpté. Style de la Renaissance italienne.

41 — Beau meuble de salon en bois sculpté et doré, couvert en soierie brochée à fleurs, style Louis XIV, gaîné de peluche rouge, composé d'un canapé, quatre fauteuils et quatre chaises.

42 — Bel ameublement de salle à manger en noyer ciré composé d'un buffet ouvrant à six portes, une table carrée, un dressoir à étagère et douze chaises couvertes en panne rouge.

43 — Six belles et grandes chaises en poirier naturel finement sculpté, pieds à griffes de lions, couvertes en tapisserie de la Savonnerie.

44 — Quatre rideaux et deux lambrequins assortis au numéro précédent.

45 — Table Louis XIV en bois sculpté et doré, dessus en marbre rare.

46 — Joli petit canapé et quatre chaises en bois peint blanc et or, couverts en lampas.

47 — Meuble en ébène incrusté de nacre, forme crédence, le haut avec petit corps de bibliothèque.

48 — Bel ameublement de chambre à coucher en noyer sculpté composé d'une armoire ouvrant à

trois portes et ornées de glaces biseautées, d'un lit de milieu et d'une table de nuit. Travail de Jansen.

49 — Beau lit Ier Empire en acajou garni de bronzes dorés.

5o — Beau lit en bois sculpté et doré avec panneau en vernis Martin représentant la Toilette de Vénus. Style Louis XV. Travail de Jansen.

51 — Ameublement de chambre à coucher en noyer sculpté composé d'un lit de milieu, une armoire à glace et une table de nuit, de la maison Jansen.

52-53 — Deux très jolies tables à jeux, style Louis XVI, en bois rose et marqueterie de bois à fleurs et ornements, richement garnies de bronzes ciselés et dorés, ayant été fournies par Beurdeley père.

54 — Table de salon en marqueterie, style de Boule, garnie de bronzes dorés.

55 — Deux meubles d'appui, même style.

56 — Ameublement en palissandre couvert en velours rouge composé d'un canapé, quatre fauteuils et quatre chaises.

57 — Grande glace biseautée avec cadre en bois sculpté et doré à bustes de femmes ailées et grands enroulements. Époque Régence.

58 — Petit bureau de style Louis XVI en acajou et filets de cuivre.

59 — Tapis d'Orient de diverses dimensions.

59 *bis* — Belle cheminée en noyer sculpté ornée de cariatides, bandeau avec glace. Travail en partie de la Renaissance.

OBJETS D'ART

60 — Paire de belles girandoles en bronze finement ciselé et doré. Style Louis XVI, à trois lumières.

61 — Deux vases en ancien émail cloisonné de Chine,

62 — Deux vases avec couvercles en porcelaine décorée fond rose. Style Louis XVI.

63 — Petit lustre en bronze disposé pour le gaz. Travail de Gagneau.

64 — Garniture de table composée d'une coupe et de deux candélabres en bronze ciselé et argenté.

65 — Grand et beau lustre en bronze doré et cristaux, à soixante-six lumières. Style Louis XVI.

66 — Jolie jardinière en faïence, sur son support.

67 — Lustre en bronze ciselé dans le goût japonais, disposé pour le gaz.

68 — Belle pendule, forme dite religieuse, en bois et marqueterie d'étain.

69 — Paire de beaux bras d'appliques à trois lumières, ornements à rocailles. Style Louis XV.

70 — Statuette en bronze : la Rebecca, de Gautherin, socle doré.

71 — Jolie pendule formée par un socle en onyx garni de bronzes, surmontée d'une figurine à patine foncée : l'Enfant à la Libellule. Style Louis XVI.

72 — Belle paire de chenêts en bronze doré à brûle-parfums sur pieds de biches. Style Louis XVI.

73 — Groupe en bronze : Enée sauvant son père Anchise, socle doré, d'après Lepaute.

74 — Paire de candélabres, style Louis XVI, formés par des nymphes en bronze à patine foncée portant des bouquets à trois lumières, en bronze doré et posant sur des fûts de colonnes.

75 — Deux cassolettes en bronze à guirlandes de
laurier et pattes de bélier, socles cannelés.

76-77 — Deux statuettes en bronze : le Mercure et
la Renommée, d'après Jean de Bologne, socles en
marbre noir.

78 — Paire de bras d'applique en bronze ciselé et
doré à cariatides de femmes tenant deux chimères. Style Louis XVI.

79 — Pendule en marbre noir orné de bronzes
dorés. Style Louis XVI.

80 — Statuette en bronze vert : le Satyre, d'après
Clodion.

81 — Deux assiettes en porcelaine décorée.

82 — Groupe en biscuit : l'Enfant à la poupée.

83 — Paire de vases en marbre vert de mer ornés
d'un bas-relief en bronze doré à jeux d'enfants,
d'après Clodion. Style Louis XVI.

84 — Paire de beaux vases en ancienne porcelaine
de Chine de la famille verte, décor représentant
des dames se promenant dans des jardins fleuris,
cols et bases en émaux de couleur.

85 — Deux grandes et belles potiches en ancienne porcelaine du Japon, décor en polychrome et or, à volatiles dans des branchages fleuris, et lambrequins, couvercles surmontés d'une chimère.

86 — Deux supports en bois sculpté et doré à têtes d'éléphants. Travail dans le style chinois.

87 — Paire de vases en porcelaine craquelée de Chine, décor en rose, vert, bleu et jaune à nombreux personnages et soldats, base et anses bronzés.

88 — Potiche en porcelaine de Chine de la famille verte, décor à personnages.

89 — Joli petit lustre en bronze ciselé et doré, à amours portant des rinceaux à neuf lumières, centre en bronze verni rouge. Travail de style Louis XVI, de Barbedienne.

90 — Paire de vases en porcelaine de Chine de la famille verte, décor à oiseaux dans des branchages fleuris.

91 — Garniture de cheminée composée d'une pendule représentant le groupe équestre de Philibert Emmanuel, duc de Savoie, bronze de Marocchetti (signé), posant sur socle en marbre noir avec

armoiries de Savoie, et de deux socles en marbre noir pour pièces d'accompagnement. Travail de Susse.

92 — Deux vases en porcelaine bleue, décor doré en relief, monture en bronze.

93 — Joli tête-à-tête en porcelaine blanche rehaussé d'or, au chiffre de Napoléon III.

94 — Vase artistique : les Naïades, signé H. Hup.

95 — Flambeau-liseuse en bronze doré. Style Louis XVI.

96 — Statuette en bronze : le Dernier Adieu, par Lecointe.

97 — Statuette en bronze : la Réflexion, de Stainer, socle en marbre griotte.

98 — Horloge style Henri II en chêne sculpté.

99-100 — Deux fusils de chasse à percussion centrale (marque Stevens).

101 — Joli buste de femme, style du XIIIe siècle en marbre, la tête tournée à droite de trois quarts ; le visage souriant, la gorge découverte avec draperie gracieusement jetée. Œuvre de Waldmann (signée).

102-103 — Deux bustes en terre cuite : le Sommeil
et le Réveil, de Carrier-Belleuse.

104 — Deux grandes potiches avec couvercles de
Chine, riche décor dans le goût de la famille
verte.

105 — Deux très beaux pistolets du xviiie siècle, bois
incrustés d'argent, crosses en argent ciselé, canons
rehaussés d'or, fabrique de Versailles (ayant
appartenu au Maréchal de Villars).

106 — Belle garniture de cheminée : Coupe-jardi-
nière et deux candélabres en marbre rouge mon-
tés en bronze. Style Louis XIV.

ARGENTERIE

107 — Très belle jardinière en argent massif finement ciselé et pouvant servir de milieu de table.
Style Louis XV.

108 — Joli service à thé en argent ciselé à fleurs
composé d'une cafetière, une théière, un sucrier
et un pot à crème. Style Louis XV.

109 — Bonbonnières en cristal gravé, couvercle en
argent.

110-115 — Dix objets de vitrine en argent : table, fauteuils, jardinière, encrier, etc.

116 — Milieu de surtout de table en bronze ciselé et argenté à enfants et chimères. Style Louis XV.

117 — Paire de girandoles à cinq lumières en bronze argenté. Style Louis XV.

118 — Petite psyché en bronze argenté. Style Louis XV.

PLAFONDS TABLEAUX

JAURAT

119 — *Présentation de la Vierge au temple.*
Signé.

Largeur 2"20; Hauteur 3"00.

THORNOLIET (attribué à)

120 — *L'Enlèvement d'Iphigénie.*
Plafond.

Toile. Largeur 4"10; Hauteur 3"45.

121 — Tableaux et objets omis.